Las Flores del Mal

Por

Charles Baudelaire

BENDICIÓN

Cuando, por un decreto de las potencias supremas,

El Poeta aparece en este mundo hastiado,

Su madre espantada y llena de blasfemias

Crispa sus puños hacia Dios, que de ella se apiada:

—"¡Ah! ¡no haber parido todo un nudo de víboras,

Antes que amamantar esta irrisión!

¡Maldita sea la noche de placeres efímeros

En que mi vientre concibió mi expiación!

Puesto que tú me has escogido entre todas las mujeres

Para ser el asco de mí triste marido,

Y como yo no puedo arrojar a las llamas,

Como una esquela de amor, este monstruo esmirriado,

¡Yo haré rebotar tu odio que me agobia

Sobre el instrumento maldito de tus perversidades,

Y he de retorcer tan bien este árbol miserable,

Que no podrán retoñar sus brotes apestados!"

Ella vuelve a tragar la espuma de su odio,

Y, no comprendiendo los designios eternos,

Ella misma prepara en el fondo de la Gehena

Las hogueras consagradas a los crímenes maternos.

Sin embargo, bajo la tutela invisible de un Ángel,

El Niño desheredado se embriaga de sol,

Y en todo cuanto bebe y en todo cuanto come,

Encuentra la ambrosia y el néctar bermejo.

Él juega con el viento, conversa con la nube,

Y se embriaga cantando el camino de la cruz;

Y el Espíritu que le sigue en su peregrinaje

Llora al verle alegre cual pájaro de los bosques.
Todos aquellos que él quiere lo observan con temor,
O bien, enardeciéndose con su tranquilidad,
Buscan al que sabrá arrancarle una queja,
Y hacen sobre El el ensayo de su ferocidad.
En el pan y el vino destinados a su boca
Mezclan la ceniza con los impuros escupitajos;
Con hipocresía arrojan lo que él toca,
Y se acusan de haber puesto sus pies sobre sus pasos.
Su mujer va clamando en las plazas públicas:
"Puesto que él me encuentra bastante bella para adorarme,
Yo desempeñaré el cometido de los ídolos antiguos,
Y como ellos yo quiero hacerme redorar;
¡Y me embriagaré de nardo, de incienso, de mirra,
De genuflexiones, de viandas y de vinos,
Para saber si yo puedo de un corazón que me admira
Usurpar riendo los homenajes divinos!
Y, cuando me hastíe de estas farsas impías,
Posaré sobre él mi frágil y fuerte mano;
Y mis uñas, parecidas a garras de arpías,
Sabrán hasta su corazón abrirse un camino.
Como un pájaro muy joven que tiembla y que palpita,
Yo arrancaré ese corazón enrojecido de su seno,
Y, para saciar mi bestia favorita,
¡Yo se lo arrojaré al suelo con desdén!"
Hacia el Cielo, donde su mirada alcanza un trono espléndido,
El Poeta sereno eleva sus brazos piadosos,
Y los amplios destellos de su espíritu lúcido
Le ocultan el aspecto de los pueblos furiosos:
—"Bendito seas, mi Dios, que dais el sufrimiento

Como divino remedio a nuestras impurezas

Y cual la mejor y la más pura esencia

¡Que prepara los fuertes para las santas voluptuosidades!

Yo sé que reservarás un lugar para el Poeta

En las filas bienaventuradas de las Santas Legiones,

Y que lo invitarás para la eterna fiesta

De los Tronos, de las Virtudes, de las Dominaciones.

Yo sé que el dolor es la nobleza única

Donde no morderán jamás la tierra y los infiernos,

Y que es menester para trenzar mi corona mística

Imponer todos los tiempos y todos los universos.

Pero las joyas perdidas de la antigua Palmira,

Los metales desconocidos, las perlas del mar,

Por vuestra mano engarzados, no serían suficientes

Para esa hermosa Diadema resplandeciente y diáfana;

Porque no será hecho más que de pura luz,

Tomada en el hogar santo de los rayos primitivos,

Y del que los ojos mortales, en su esplendor entero,

¡No son sino espejos oscurecidos y dolientes!"

CORRESPONDENCIAS

La Natura es un templo donde vividos pilares

Dejan, a veces, brotar confusas palabras;

El hombre pasa a través de bosques de símbolos

que lo observan con miradas familiares.

Como prolongados ecos que de lejos se confunden

En una tenebrosa y profunda unidad,

Vasta como la noche y como la claridad,

Los perfumes, los colores y los sonidos se responden.

Hay perfumes frescos como carnes de niños,

Suaves cual los oboes, verdes como las praderas,

Y otros, corrompidos, ricos y triunfantes,

Que tienen la expansión de cosas infinitas,

Como el ámbar, el almizcle, el benjuí y el incienso,

Que cantan los transportes del espíritu y de los sentidos.

LA MUSA ENFERMA

Mi pobre Musa, ¡ah! ¿Qué tienes, pues, esta mañana?

Tus ojos vacíos están colmados de visiones nocturnas,

Y veo una y otra vez reflejados sobre tu tez

La locura y el horror, fríos y taciturnos.

El súcubo verdoso y el rosado duende,

¿Te han vertido el miedo y el amor de sus urnas?

La pesadilla con un puño despótico y rebelde;

¿Te ha ahogado en el fondo de un fabuloso Minturno?

Yo quisiera que exhalando el perfume de la salud

Tu seno de pensamientos fuertes fuera siempre frecuentado,

Y que tu sangre cristiana corriera en oleadas rítmicas,

Como los sones numerosos de las sílabas antiguas,

Donde reinan vez a vez el padre de las canciones,

Febo, y el gran Pan, el señor de las mieses.

LA MUSA VENAL

Oh, musa de mi corazón, amante de los palacios,

¿Tendrás tú, cuando Enero suelte sus Bóreas,

Durante los negros tedios de las nevadas veladas,
Un tizón para calentar tus dos pies violáceos?
¿Reanimarás, pues, tus hombros marmóreos
En los nocturnos rayos que atraviesan los postigos?
Sintiendo tu bolsa tan seca como tu paladar,
¿Recogerás tú el oro de las bóvedas azúreas?
Necesitas, para ganar tu pan de cada día,
Como un monaguillo, manejar el incensario,
Entonar Te Deum en el que nada crees,
O, saltimbanqui en ayunas, desplegar tus encantos
Y tu risa humedecida de lágrimas invisibles,
Para dilatar las carcajadas de la vulgaridad.

EL MAL MONJE

Los claustros antiguos sobre sus amplios muros
Despliegan en cuadros la santa Verdad,
Cuyo efecto, caldeando las piadosas entrañas.
Atempera la frialdad de su austeridad.
En días que de Cristo florecían las semillas,
Más de un ilustre monje, hoy poco citado,
Tomando por taller el campo santo,
Glorificaba la Muerte con simplicidad.
—Mi alma es una tumba que, pésimo cenobita,
Desde la eternidad recorro y habito;
Nada embellece los muros de este claustro odioso.
¡Oh, monje holgazán! ¿Cuándo sabré yo hacer
Del espectáculo vivido de mi triste miseria
El trabajo de mis manos y el amor de mis ojos?

EL ENEMIGO

Mi juventud no fue sino una tenebrosa borrasca,

Atravesada aquí y allá por brillantes soles;

El trueno y la lluvia han hecho tal desastre,

Que restan en mi jardín muy pocos frutos bermejos.

He aquí que he llegado al otoño de las ideas,

Y que es preciso emplear la pala y los rastrillos

Para acomodar de nuevo las tierras inundadas,

Donde el agua orada hoyos grandes como tumbas.

Y ¿quién sabe si las flores nuevas con que sueño

Encontrarán en este suelo lavado como una playa

El místico alimento que haría su vigor?

— ¡Oh, dolor! ¡Oh, dolor! ¡El Tiempo devora la vida,

Y el oscuro Enemigo que nos roe el corazón

Con la sangre que perdemos crece y se fortifica!

EL DE LA MALA SUERTE

(El artista ignorado.)

¡Para levantar un peso tan abrumador,

Sísifo, sería menester tu coraje!

Por más que se ponga amor en la obra,

El Arte es largo y el Tiempo es corto.

Lejos de las sepulturas célebres,

Hacia un cementerio aislado,

Mi corazón, cual un tambor enlutado,

Va, tocando marchas fúnebres.

—Más de una joya duerme amortajada
En las tinieblas y el olvido,
Muy lejos de azadones y de sondas;
Más de una flor despliega con pesar
Su perfume dulce como un secreto
En las soledades profundas.

LA VIDA ANTERIOR

Yo he vivido largo tiempo bajo amplios pórticos
Que los soles marinos teñían con mil fuegos,
Y que sus grandes pilares, erectos y majestuosos,
Hacían que en la noche, parecieran grutas basálticas.
Las olas, arrollando las imágenes de los cielos,
Mezclaban de manera solemne y mística
Los omnipotentes acordes de su rica música
A los colores del poniente reflejados por mis ojos.
Fue allí donde viví durante las voluptuosas calmas,
En medio del azur, de las ondas, de los esplendores
Y de los esclavos desnudos, impregnados de olores,
Que me refrescaban la frente con las palmas,
Y cuyo único afán era profundizar
El secreto doloroso que me hacía languidecer.

EL HOMBRE Y EL MAR

¡Hombre libre, siempre adorarás el mar!
El mar es tu espejo; contemplas tu alma
En el desarrollo infinito de su oleaje,

Y tu espíritu no es un abismo menos amargo.

Te complaces hundiéndote en el seno de tu imagen;

La abarcas con ojos y brazos, y tu corazón

Se distrae algunas veces de su propio rumor

Al ruido de esta queja indomable y salvaje.

Ambos sois tenebrosos y discretos:

Hombre, nadie ha sondeado el fondo de tus abismos,

¡Oh, mar, nadie conoce tus tesoros íntimos,

Tan celosos sois de guardar vuestros secretos!

Y empero, he aquí los siglos innúmeros

En que os combatís sin piedad ni remordimiento,

Tanto amáis la carnicería y la muerte,

¡Oh, luchadores eternos, oh, hermanos implacables!

LA BELLEZA

Soy hermosa, ¡oh, mortales! cual un sueño de piedra,

Y mi pecho, en el que cada uno se ha magullado a su vez,

Está hecho para inspirar al poeta un amor

Eterno y mudo así como la materia.

Tengo mi trono en el azar cual una esfinge incomprendida;

Uno un corazón de nieve a la blancura de los cisnes;

Aborrezco el movimiento que desplaza las líneas,

Y jamás lloro y jamás río.

Los poetas, ante mis ampulosas actitudes,

Que parezco copiar de los más altivos monumentos,

consumirán sus días en austeros estudios;

Porque tengo, para fascinar a esos dóciles amantes,

Puros espejos que tornan todas las cosas más bellas:

¡Mis ojos, mis grandes ojos, los de los fulgores eternos!

EL IDEAL

No serán jamás esas beldades de viñetas,
Productos averiados, nacidos de un siglo bribón,
Esos pies con borceguíes, esos dedos con castañuelas,
Los que logren satisfacer un corazón como el mío.
Le dejo a Gavarni, poeta de clorosis,
Su tropel gorjeante de beldades de hospital,
Porque no puedo hallar entre esas pálidas rosas
Una flor que se parezca a mi rojo ideal.
Lo que necesita este corazón profundo como un abismo,
Eres tú, Lady Macbeth, alma poderosa en el crimen,
Sueño de Esquilo abierto al clima de los austros;
¡Oh bien tú, Noche inmensa, hija de Miguel Ángel,
Que tuerces plácidamente en una pose extraña
Tus gracias concebidas para bocas de Titanes!

LA GIGANTA

Cuando Natura en su inspiración pujante
Concebía cada día hijos monstruosos,
Me hubiera placido vivir cerca de una joven giganta,
Como a los pies de una reina un gato voluptuoso.
Me hubiera agradado ver su cuerpo florecer con su alma
Y crecer libremente en sus terribles juegos;
Adivinar si su corazón cobija una sombría llama
En las húmedas brumas que flotan en sus ojos;

Recorrer a mi gusto sus magníficas formas;

Arrastrarme en la pendiente de sus rodillas enormes,

Y a veces, en estío, cuando los soles malsanos,

Laxa, la hacen tenderse a través de la campiña,

Dormir despreocupadamente a la sombra de sus senos,

Como una plácida aldea al pie de una montaña.

HIMNO A LA BELLEZA

¿Vienes del cielo profundo o surges del abismo,

Oh, Belleza? Tu mirada infernal y divina,

Vuelca confusamente el beneficio y el crimen,

Y se puede, por eso, compararte con el vino.

Tú contienes en tu mirada el ocaso y la aurora;

Tú esparces perfumes como una tarde tempestuosa;

Tus besos son un filtro y tu boca un ánfora

Que tornan al héroe flojo y al niño valiente.

¿Surges tú del abismo negro o desciendes de los astros?

El Destino encantado sigue tus faldas como un perro;

Tú siembras al azar la alegría y los desastres,

Y gobiernas todo y no respondes de nada,

Tú marchas sobre muertos, Belleza, de los que te burlas;

De tus joyas el Horror no es lo menos encantador,

Y la Muerte, entre tus más caros dijes,

Sobre tu vientre orgulloso danza amorosamente.

El efímero deslumbrado marcha hacia ti, candela,

Crepita, arde y dice: ¡Bendigamos esta antorcha!

El enamorado, jadeante, inclinado sobre su bella

Tiene el aspecto de un moribundo acariciando su tumba.

Que procedas del cielo o del infierno, qué importa,

¡Oh, Belleza! ¡monstruo enorme, horroroso, ingenuo!

Si tu mirada, tu sonrisa, tu pie me abren la puerta

De un infinito que amo y jamás he conocido?

De Satán o de Dios ¿qué importa? Ángel o Sirena,

¿Qué importa si, tornas —hada con ojos de terciopelo,

Ritmo, perfume, fulgor ¡oh, mi única reina!—

El universo menos horrible y los instantes menos pesados?

PERFUME EXÓTICO

Cuando, los dos ojos cerrados, en una cálida tarde otoñal,

Yo aspiro el aroma de tu seno ardiente,

Veo deslizarse riberas dichosas

Que deslumbran los rayos de un sol monótono;

Una isla perezosa en que la naturaleza da

Árboles singulares y frutos sabrosos;

Hombres cuyo cuerpo es delgado y vigoroso

Y mujeres cuya mirada por su franqueza sorprende.

Guiado por tu perfume hacia deleitosos climas,

Yo diviso un puerto lleno de velas y mástiles

Todavía fatigados por la onda marina,

Mientras el perfume de los verdes tamarindos,

Que circula en el aire y satura mi olfato,

Se mezcla en mi alma con el canto de los marineros.

LA CABELLERA

¡Oh, vellón, rizándose hasta la nuca!

¡Oh, bucles, ¡Oh, perfume saturado de indolencia!

¡Éxtasis! ¡Para poblar esta tarde la alcoba oscura

Con los recuerdos adormecidos en esta cabellera

Yo la quiero agitar en el aire como un pañuelo!

¡La lánguida Asia y la ardiente África,

Todo un mundo lejano, ausente, casi difunto,

Vive en tus profundidades, selva aromática!

Así como otros espíritus bogan sobre la música,

El mío, ¡oh, mi amor! flota sobre tu perfume.

Yo acudiré allá donde el árbol y el hombre, llenos de savia,

Desfallecen largamente bajo el ardor de los climas;

Fuertes trenzas, ¡Sed la ola que me arrebata!

Tú contienes, mar de ébano, un deslumbrante sueño

De velas, de remeros, de llamas y de mástiles:

Un puerto ruidoso en el que mi alma puede beber

A raudales el perfume, el sonido y el color;

En el que los navíos, deslizándose en el oro y en la seda,

Abren sus amplios brazos para abarcar la gloria

De un cielo puro en el que palpita el eterno calor.

Sumergiré mi cabeza anhelante de embriaguez,

En este negro océano donde el otro está encerrado;

Y mi espíritu sutil que el rolido acaricia

Sabrá encontrarte ¡oh fecunda pereza!

¡Infinitos arrullos del ocio embalsamado!

Cabellos azules, pabellón de tinieblas tendidas,

Me volvéis el azur del cielo inmenso y redondo;

Sobre los bordes aterciopelados de tus crenchas retorcidas

Me embriago ardientemente con los olores confundidos

Del aceite de coco, del almizcle y la brea.

¡Hace tiempo! ¡Siempre! ¡Mi mano en tus crines pesadas

Sembrará el rubí, la perla y el zafiro,

A fin de que a mi deseo jamás seas sorda!

¿No eres tú el oasis donde sueño, y la calabaza

De la que yo sorbo a largos tragos el vino del recuerdo?

SONETO OTOÑAL

Ellos me dicen, tus ojos, claros como el cristal:

"Para ti, caprichoso amante, ¿Cuál es, pues, mi mérito?"

—¡Eres encantador, y callas! Mi corazón, que todo irrita,

Excepto el candor del antiguo animal,

No quiere mostrarte su secreto infernal,

Mecedora cuya mano a largos sueños me invita,

Ni su negra leyenda con el fuego escrita.

¡Yo odio la pasión y el espíritu me hace mal!

Amémonos dulcemente. El amor en su guarida,

Tenebroso, emboscado, tiende su arco fatal.

Yo conozco los artilugios de su viejo arsenal:

¡Crimen, horror y locura! — ¡Oh, pálida margarita!

Como yo, ¿no eres tú un sol otoñal,

Oh, mi blanquísima, oh, mi frigidísima Margarita?

REMORDIMIENTO POSTUMO

Cuando tú duermas, mi bella tenebrosa,

En el fondo de un mausoleo construido en mármol negro,

Y cuando no tengas por alcoba y morada

Más que una bóveda lluviosa y una fosa vacía;

Cuando la piedra, oprimiendo tu pecho miedosa

Y tus caderas que atemperaba un deleitoso abandono,

Impida a tu corazón latir y querer,

Y a tus pies correr su carrera aventurera,

La tumba, confidente de mi ensueño infinito

(Porque la tumba siempre interpretará al poeta),

Durante esas interminables noches de las que el sueño está proscrito,

Te dirá: "¿De qué te sirve, cortesana imperfecta,

No haber conocido lo que lloran los muertos?"

—Y el gusano roerá tu piel como un remordimiento.

EL BALCÓN

Madre de los recuerdos, amante de las amantes,

¡Oh, tú, todos mis placeres! ¡Oh tú, todos mis deberes!

Tú me recordarás la belleza de las caricias,

La dulzura del hogar y el encanto de las noches,

¡Madre de los recuerdos, amante de las amantes!

¡Las veladas iluminadas por el ardor del carbón,

Y las tardes en el balcón, veladas de vapores rosados.

¡Cuan dulce me era tu seno! y tu corazón ¡qué caro!

Nos hemos dicho con frecuencia imperecederas cosas

En las veladas iluminadas por el ardor del carbón.

¡Qué hermosos son los soles en las cálidas tardes!

¡Qué profundo el espacio! ¡Qué potente el corazón!

Inclinándome hacia ti, reina de las adoradas,

Yo creía respirar el perfume de tu sangre.

¡Qué hermosos son los soles en cálidas tardes!

La noche se apaciguaba como en un claustro,

Y mis ojos en la oscuridad barruntaban tus pupilas,

Y yo bebía tu aliento, ¡oh dulzura! ¡oh veneno!

Y tus pies se adormecían en mis manos fraternales.

La noche se apaciguaba como en un claustro.

Yo sé del arte de evocar los minutos dichosos,

Y volví a ver mi pasado agazapado en tus rodillas.

Porque ¿a qué buscar tus bellezas lánguidas

Fuera de tu querido cuerpo y de tu corazón tan dulce?

¡Yo sé del arte de evocar los minutos dichosos!

Esos juramentos, esos perfumes, esos besos infinitos,

¿Renacerán de un abismo vedado a nuestras sondas,

Como suben al cielo los soles rejuvenecidos

Luego de lavarse en el fondo de los mares profundos?

— ¡Oh, juramentos! ¡Oh, perfumes! ¡Oh, besos infinitos!

EL POSESO

El sol se ha cubierto con un crespón. Como él,

¡Oh, Luna de mi vida! arrópate de sombra;

Duerme o fuma a tu agrado; permanece muda, sombría,

Y húndete íntegra en el abismo del Hastío;

¡Te amo así! Sin embargo, si hoy tú deseas,

Como un astro eclipsado que sale de la penumbra,

Pavonearte en los lugares que la Locura obstruye,

¡Está bien! Delicioso puñal, ¡surge de tu vaina!

¡Ilumina tu pupila a la llama de los candelabros!

¡Ilumina el deseo en las miradas de los rústicos!

Todo lo tuyo para mí es placer, morboso o petulante;

Sé lo que quieras, noche negra, roja aurora;

No hay una fibra en todo mi cuerpo palpitante

Que no exclame: ¡Oh mi querido Belcebú, te adoro!

SEMPER EADEM

"¿De dónde os viene, decís, esta tristeza extraña,

Trepando como el mar sobre el peñón negro y desnudo?"

—Cuando nuestro corazón ha hecho una vez su vendimia,

¡Vivir es un mal! Es un secreto de todos conocido,

Un dolor muy simple y nada misterioso,

Y, como vuestra alegría, brillante para todos.

Deja de buscar, entonces, ¡Oh, bella curiosa!

Y, por más que vuestra voz sea dulce, ¡callad! ¡callaos!

¡Callad, ignorante! ¡Alma siempre arrebatada!

¡Boca de risa infantil! Más aún que la Vida,

La Muerte nos retiene casi siempre con lazos sutiles.

¡Dejad, dejad mi corazón embriagarse de una mentira,

Sumergirse en vuestros bellos ojos como en un hermoso sueño,

Y dormitar mucho tiempo a la sombra de vuestras pestañas!

TODA INTEGRA

El Demonio, en mi altillo,

Esta mañana vino a verme,

Y, tratando de cogerme en falta,

Me ha dicho: "Yo quisiera saber,

Entre todas las hermosas cosas

De que está hecho su encanto,

Entre los objetos negros o rosados

Que componen su cuerpo encantador,

Cuál es el más dulce." —¡Oh, mi alma!

Tú respondiste al Aborrecido:

Puesto que en Ella todo está dictaminado,

Nada puede ser preferido.

Cuando todo me encanta, yo ignoro

Si alguna cosa me seduce,

Ella deslumbra como la Aurora

Y consuela como la Noche;

Y la armonía es harto exquisita,

Que gobierna todo su bello cuerpo,

Para que la impotencia analice

Anotando los numerosos acordes.

¡Oh, metamorfosis mística

De todos mis sentidos fundidos en uno!

¡Su aliento produce la música,

Así como su voz hace el perfume!

LA ANTORCHA VIVIENTE

Marchan ante mí, estos Ojos llenos de luces,

Que un Ángel sapientísimo sin duda ha imantado;

Avanzan, esos divinos hermanos que son mis hermanos,

Sacudiendo ante mis ojos sus fuegos diamantinos.

Salvándome de toda trampa y de todo pecado grave,

Conducen mis pasos por la ruta de lo Bello;

Son mis servidores y yo soy su esclavo;

Todo mi ser obedece a esa viviente antorcha.

Encantadores ojos, brilláis con el fulgor místico

Que tienen los cirios ardiendo en pleno día; el sol

Enrojece, pero no extingue su llama fantástica;

Ellos celebran la Muerte, vosotros cantáis el Despertar;

¡Vosotros marcháis entonando el despertar de mi alma,

Astros de los cuales ningún sol puede marchitar la llama!

EL ALBA ESPIRITUAL

Cuando entre los disolutos el alba blanca y bermeja

Se asocia con el Ideal roedor,

Por obra de un misterio vengador

En el bruto adormecido un ángel se despierta.

De los Cielos Espirituales el inaccesible azur,

Para el hombre abatido que aún sueña y sufre,

Se abre y se hunde con la atracción del abismo.

Así, cara Diosa, Ser lúcido y puro,

Sobre los restos humeantes de estúpidas orgías

Tu recuerdo más claro, más rosado, más encantador,

Ante mis ojos agrandados voltigea incesante

El sol ha oscurecido la llama de las bujías;

¡Así, siempre vencedor, tu fantasma se parece,

Alma resplandeciente, al sol inmortal!

ARMONÍA DE LA TARDE

He aquí que llega el tiempo en que vibrante en su tallo

Cada flor se evapora cual un incensario;

Los sonidos y los perfumes giran en el aire de la tarde,

¡Vals melancólico y lánguido vértigo!

Cada flor se evapora cual un incensario;

El violín vibra como un corazón afligido;

¡Vals melancólico y lánguido vértigo!

El cielo está triste y bello como un gran altar.

El violín vibra como un corazón afligido,

¡Un corazón tierno que odia la nada vasta y negra!

El cielo está triste y bello como un gran altar;

El sol se ha ahogado en su sangre coagulada.

Un corazón tierno, que odia la nada vasta y negra,

¡Del pasado luminoso recobra todo vestigio!

El sol se ha ahogado en su sangre coagulada...

¡Tu recuerdo en mí luce como una custodia!

CIELO ENCAPOTADO

Se diría tu mirar por un vapor cubierto;

Tu pupila misteriosa (¿es azul, gris o verde?)

Alternativamente tierna, soñadora, cruel,

Refleja la indolencia y la palidez del cielo.

Tú recuerdas esos días blancos, tibios y velados,

Que hacen fundirse en lágrimas los corazones hechizados,

Cuando, agitados por un mal desconocido que los tuerce,

Los nervios demasiado despiertos se burlan del espíritu que duerme.

Te asemejas a veces a esos bellos horizontes

Que iluminan los soles de las brumosas estaciones...

¡Cómo resplandeces, paisaje humedecido

Que inflaman los rayos cayendo de un cielo encapotado!

¡Oh, mujer peligrosa, oh seductores climas!

¿Adoraré también tu nieve y tu escarcha,

Y, lograré extraer del implacable invierno

Placeres más agudos que el hielo y el hierro?

LA INVITACIÓN AL VIAJE

Mi niña, mi hermana,

¡Piensa en la dulzura

De vivir allá juntos!

Amar libremente,

¡Amar y morir

En el país que a ti se parece!

Los soles llorosos

De esos cielos encapotados

Para mi espíritu tienen la seducción

Tan misteriosa

De tus traicioneros ojos,

Brillando a través de sus lágrimas.

Allá, todo es orden y belleza,

Lujo, calma y voluptuosidad.

Muebles relucientes,

Pulidos por los años,

Decorarían nuestra alcoba;

Las más raras flores

Mezclando sus olores

Al vago aroma del ámbar

Los ricos artesonados,

Los espejos profundos,

El esplendor oriental,

Todo allí hablaría

Al alma en secreto

Su dulce lengua natal.

Allá, todo es orden y belleza,

Lujo, calma y voluptuosidad.

Mira en esos canales

Dormir los barcos

Cuyo humor es vagabundo;

Es para saciar

Tu menor deseo

Que vienen desde el cabo del mundo.

—Los soles en el ocaso

Recubren los campos,

Los canales, la ciudad entera,

De jacinto y de oro;

El mundo se adormece

En una cálida luz

Allá, todo es orden y belleza,

Lujo, calma y voluptuosidad.

EL ALBATROS

Frecuentemente, para divertirse, los tripulantes

Capturan albatros, enormes pájaros de los mares,

Que siguen, indolentes compañeros de viaje,

Al navío deslizándose sobre los abismos amargos.

Apenas los han depositado sobre la cubierta,

Esos reyes del azur, torpes y temidos,

Dejan lastimosamente sus grandes alas blancas

Como remos arrastrar a sus costados.

Ese viajero alado, ¡cuan torpe y flojo es!

Él, no ha mucho tan bello, ¡qué cómico y feo!

¡Uno tortura su pico con una pipa,

El otro remeda, cojeando, del inválido el vuelo!

El Poeta se asemeja al príncipe de las nubes

Que frecuenta la tempestad y se ríe del arquero;

Exiliado sobre el suelo en medio de la grita,

Sus alas de gigante le impiden marchar.

CANCIÓN DE LA TARDE

Aunque tus cejas malas

Te infunden un aire extraño

Que no es digno de un ángel,

Hechicera de los ojos atrayentes,

¡Yo te adoro!, ¡oh, mi frívola,

Mi terrible pasión!

Con la devoción

del sacerdote por su ídolo.

El desierto y la floresta

Embalsaman tus trenzas rústicas.

Tu cabeza tiene las actitudes

Del enigma y del secreto.

Sobre tu carne el perfume vaga

Como alrededor del incensario;

Tú encantas como la noche,

Ninfa tenebrosa y cálida.

¡Ah! los filtros más fuertes

Nada valen para tu pereza,

¡Y tú conoces la caricia

Que hace revivir a los muertos!

Tus caderas están enamoradas

De tus hombros y de tus senos,

Y tú enardeces los cojines

Con tus actitudes lánguidas.

Algunas veces, para aplacar

Tu rabia misteriosa,

Tú prodigas, seria,

La mordedura y el beso;

Tú me desgarras, mi morena,

Con una risa burlona,

Y luego pones sobre mi corazón

Tu mirada suave como la luna.

Bajo tus escarpines de satín,

Bajo tus encantadores pies de seda,

Yo, yo deposito mi inmensa alegría,

Mi genio y mi destino,

Mi alma por ti curada,

¡Por ti, luz y color!

Explosión de calor

¡En mi negra Siberia!

SISINA

¡Imaginaos a Diana en galante cabalgata,

Recorriendo los bosques o batiendo los zarzales,

Cabellos y pecho al viento, embriagándose de ruido,

Soberbia y desafiando a los mejores jinetes!

¿Has visto a Turingia, amante de la carnicería,

Incitando al asalto a un pueblo descalzo,

Las mejillas y la mirada ardientes, encarnando su personaje,

Y trepando, sable en mano, las reales escaleras?

¡Tal la Sisina! Pero, la dulce guerrera

Tiene el alma tan caritativa como asesina;

Su coraje, enloquecido de pólvora y de tambores,

Ante los suplicantes sabe abatir las armas,

Y su corazón, azotado por la llama, tiene siempre,

Para el que se muestra digno, un receptáculo de lágrimas.

A UNA DAMA CRIOLLA

En el país perfumado que el sol acaricia,

Yo he conocido, bajo un dosel de árboles empurpurados

Y palmeras de las que llueve sobre los ojos la pereza,

A una dama criolla de encantos ignorados.

Su tez es pálida; la morena encantadora

Tiene en el cuello un noble amaneramiento;

Alta y esbelta, al marchar como una cazadora,

Su sonrisa es tranquila y sus ojos arrogantes.

Si fueras, Señora, al verdadero país de la gloria,

Sobre las riberas del Sena o del verde Loire,

Beldad digna de ornar las antiguas moradas,

Harías, en el recogimiento umbríos refugios,

Germinar mil sonetos en los corazones de los poetas

Que tus grandes ojos someterían más esclavos que tus negros.

MOESTA ET ERRABUNDA

Dime, ¿a veces, tu corazón no vuela, Ágata,

Lejos del negro océano de la inmunda ciudad,

Hacia otro océano donde el resplandor estalla,

Azul, claro, profundo, como la virginidad?

Dime, ¿a veces, tu corazón no vuela, Ágata?

¡La mar, la mar inmensa, consuela nuestros desvelos!

¿Qué demonio ha dotado a la mar, ronca cantante

Que acompaña el inmenso órgano de los vientos gruñidores,

De esta función sublime de canción de cuna?

¡La mar, la mar inmensa, consuela nuestros desvelos!

¡Llévame, vagón! ¡Llévame, fragata!

¡Lejos! ¡lejos! ¡aquí el lodo formado está por nuestras lágrimas!

—¿Es verdad que, a veces, el triste corazón de Ágata

Dice: "Lejos de los remordimientos, de los crímenes, de los dolores,

Llévame, vagón; llévame, fragata"?

¡Cuan lejos estás, paraíso perfumado!

Donde bajo un claro azur todo no es más que amor y alegría,

Donde lo que se ama es digno de ser amado,

¡Dónde, en la voluptuosidad pura el corazón se ahoga!

¡Cuan lejos estás, paraíso perfumado!

Pero, el verde paraíso de los amores infantiles,

Las carreras, las canciones, los besos, los ramilletes,

Los violines vibrando detrás de las colinas,

Con los jarros de vino, de noche, entre las frondas,

—Pero, el verde paraíso de los amores infantiles,

El inocente paraíso, lleno de placeres furtivos,

¿Está más lejos que la India y que la China?

¿Podemos recordarlo con gritos lastimeros

Y animar aún con una voz argentina,

El inocente paraíso lleno de placeres furtivos?

UN FANTASMA

(1)

Las tinieblas

En las cavernas de insondable tristeza

Donde el Destino ya me ha relegado;

Donde jamás penetra un rayo rosado y alegre;

Donde, sólo, con la Noche, áspera huésped,

Yo soy como un pintor que un Dios burlón

Condena a pintar, ¡ah! sobre las tinieblas;

Oh, cocinero de apetitos fúnebres,

Yo hago hervir y como mi corazón,

Por instantes brilla, se extiende, y se exhibe

Un espectro hecho de gracia y de esplendor.

En un soñador paso oriental,

Cuando alcanza su total grandeza,

Yo reconozco a mi bella visita:

¡Es Ella! Negra y, no obstante, luminosa.

(2)

El perfume

Lector, ¿alguna vez has respirado

Con embriaguez y lenta golosina

El grano de incienso que satura una iglesia,

O de un "sachet" el almizcle inveterado?

¡Encanto profundo, mágico, con que nos embriaga

En el presente el pasado revivido!

Así el amante sobre un cuerpo adorado

Del recuerdo recoge la flor exquisita.

De sus cabellos elásticos y pesados,

Viviente "sachet", incensario de la alcoba,

Un aroma subía, salvaje y fiero,

Y de sus ropas, muselina o terciopelo,

Todas impregnadas de su juventud pura,

Se desprendía un perfume de piel.

(3)

El marco

Así como un bello marco agrega a la pintura,

Bien que ella sea de un pincel muy alabado,

Yo no sé qué de extraño y de encantado

Al distanciarla de la inmensa natura,

Así, joyas, muebles, metales, dorados,

Se adaptaban precisos a su rara belleza;

Nada ofuscaba su perfecta claridad,

Y todo parecía servirle de marco.

Hasta se hubiera dicho a veces que ella creía

Que todo quería amarla; pues ahogaba

Su desnudez voluptuosamente

En los besos de la seda y de la lencería,

Y, lenta o brusca, en cada movimiento

Mostraba la gracia infantil de un simio.

(4)

El retrato

La Enfermedad y la Muerte producen cenizas

De todo el fuego que por nosotros arde.

De aquellos grandes ojos tan fervientes y tan tiernos,

De aquella boca en la que mi corazón se ahogó,

De aquellos besos pujantes cual un dictamen,

De aquellos transportes más vivos que los rayos,

¿Qué resta? ¡Es horrendo! ¡oh, mi alma mía!

Nada más que un diseño muy pálido, con tres trazos,

Que, como yo, muere en la soledad,

Y que el Tiempo, injurioso anciano,

Cada día frota con su ala ruda...

Negro asesino de la Vida y del Arte,

¡Tú no matarás jamás en mi memoria

Aquella que fue mi placer y mi gloria!

TRISTEZAS DE LA LUNA

Esta noche, la luna sueña con más pereza;

Tal como una beldad, sobre numerosos cojines,

Que con mano distraída y leve acaricia

Antes de dormirse, el contorno de sus senos,

Sobre el dorso satinado de las muelles eminencias,

Desfalleciente, ella se entrega a largos espasmos,

Y pasea sus miradas sobre las imágenes blancas

Que trepan hasta el azur como floraciones.

Cuando, a veces, sobre este globo, en su languidez ociosa,

Ella deja escapar una lágrima furtiva,

Un poeta piadoso, enemigo del sueño,

En la cavidad de su mano coge esta lágrima pálida,

Con reflejos irisados, como un fragmento de ópalo,

Y la coloca en su corazón lejos de las miradas del sol.

LOS GATOS

Los amantes fervorosos y los sabios austeros

Gustan por igual, en su madurez,

De los gatos fuertes y dulces, orgullo de la casa,

Que como ellos son friolentos y como ellos sedentarios.

Amigos de la ciencia y de la voluptuosidad,

Buscan él silencio y el horror de las tinieblas;

El Erebo se hubiera apoderado de ellos para sus correrías fúnebres,

Si hubieran podido ante la esclavitud inclinar su arrogancia.

Adoptan al soñar las nobles actitudes

De las grandes esfinges tendidas en el fondo de las soledades,

Que parecen dormirse en un sueño sin fin;

Sus grupas fecundas están llenas de chispas mágicas,

Y fragmentos de oro, cual arenas finas,

Chispean vagamente en sus místicas pupilas.

LOS BUHOS

Bajo los techos negros que los abrigan,

Los búhos se mantienen alineados,

Como dioses extraños,

Clavando su mirada roja. Meditan.

Sin moverse se mantendrán

Hasta la hora melancólica

En que, empujando el sol oblicuo,

Las tinieblas se establezcan.

Su actitud, por sabia, enseña

Que es preciso en este mundo que tema

El tumulto y el movimiento;

El hombre embriagado por la sombra que pasa

Lleva siempre el castigo

De haber querido cambiar de sitio.

LA MÚSICA

¡La música frecuentemente me coge como un mar!
Hacia mi pálida estrella,
Bajo un techado de brumas o en la vastedad etérea,
Yo me hago a la vela;
El pecho saliente y los pulmones hinchados
Como velamen,
Yo trepo al lomo de las olas amontonadas
Que la noche me vela;
Siento vibrar en mí todas las pasiones
De un navío que sufre;
El buen viento, la tempestad y sus convulsiones
Sobre el inmenso abismo
Me mecen. ¡Otras veces, calma chicha, gran espejo
De mi desesperación!

EL MUERTO ALEGRE

En una tierra crasa y llena de caracoles
Yo mismo quiero cavar una fosa profunda,
Donde pueda holgadamente tender mis viejos huesos
Y dormir en el olvido como un tiburón en la onda.
Yo odio los testamentos y yo odio las tumbas;
Antes que implorar una lágrima del mundo
Viviente, preferiría invitar a los cuervos
A sangrar todas las puntas de mi osamenta inmunda.

¡Oh, gusanos! negros compañeros sin orejas y sin ojos,

Ved cómo hasta vosotros llega un muerto libre y alegre;

Filosóficos vividores, hijos de la podredumbre,

A través de mi ruina pasad sin remordimientos,

Y decidme si hay aún alguna tortura

Para este viejo cuerpo sin alma ¡y muerto entre los muertos!

LA CAMPANA RAJADA

Es amargo y dulce, durante las noches de invierno,

Escuchar, cabe, el fuego que palpita y humea,

Los recuerdos lejanos lentamente elevarse

Al ruido de los carrillones que cantan en la bruma.

Bienaventurada la campana de garganta vigorosa

Que, malgrado su vejez, alerta y saludable,

Arroja fielmente su grito religioso,

¡Tal como un veterano velando bajo la tienda!

Yo, tengo el alma rajada, y cuando en su tedio

Ella quiere de sus canciones poblar el frío de las noches,

Ocurre con frecuencia que su voz debilitada

Parece el rudo estertor de un herido olvidado

Al borde de un lago de sangre, bajo un montón de muertos,

Y que muere, sin moverse, entre inmensos esfuerzos.

SPLEEN (I)

Pluvioso, irritado contra la ciudad entera,

De su urna, en grandes oleadas vierte un frío tenebroso

Sobre los pálidos habitantes del vecino cementerio

Y la mortandad sobre los arrabales brumosos.

Mi gato sobre el ladrillo buscando una litera

Agita sin reposo su cuerpo flaco y sarnoso;

El alma de un viejo poeta vaga en la gotera

Con la triste voz de un fantasma friolento.

El bordón se lamenta, y el leño ahumado

Acompaña en falsete al péndulo acatarrado,

Mientras que en un mazo de naipes lleno de sucios olores,

Herencia fatal de una vieja hidrópica,

El hermoso valet de coeur y la dama de pique

Charlan siniestramente de sus amores difuntos.

SPLEEN (II)

Yo tengo más recuerdos que si tuviera mil años.

Un gran mueble de cajones atiborrado de facturas,

De versos, de dulces esquelas, de procesos, de romances,

Con abundantes cabellos enredados en recibos,

Oculta menos secretos que mi triste cerebro.

Es una pirámide, una inmensa cueva,

Que contiene más muertos que la fosa común.

—Yo soy un cementerio aborrecido de la luna,

Donde, como remordimientos, se arrastran largos gusanos

Que se encarnizan siempre sobre mis muertos más queridos.

Yo soy un viejo gabinete lleno de rosas marchitas,

Donde yace toda una maraña de modas anticuadas,

Donde los pasteles plañideros y los pálidos Boucher,

Solos, exhalan el olor de un frasco destapado.

Nada iguala en longitud a las cojas jornadas,

Cuando bajo los pesados flecos de las nevadas épocas

El hastío, fruto de la melancólica incuria,

Adquiere las proporciones de la inmortalidad.

—Desde ya tú no eres más, ¡oh, materia viviente!

Que una peña rodeada de un vago espanto,

Adormecida en el fondo de un Sahara brumoso;

Una vieja esfinge ignorada del mundo indiferente,

Olvidada sobre el mapa, y cuyo humor huraño

No canta más que a los rayos del sol poniente.

SPLEEN (III)

Yo soy como el rey de un país lluvioso,

Rico, pero impotente, joven y no obstante antiquísimo,

Que, de sus preceptores despreciando las reverencias,

Se hastía con sus perros como con otras bestias.

Nada puede distraerle, ni caza, ni halcón,

Ni su pueblo muriendo ante su balcón.

Del bufón favorito la grotesca balada

No distrae más la frente de este cruel enfermo;

Su lecho flordelisado se transforma en tumba,

Y las azafatas, para las que todo príncipe es bello,

No saben más encontrar el impúdico tocado

Para arrancar una sonrisa a este joven esqueleto.

El sabio que le hace el oro jamás ha podido

De su ser extirpar el elemento corrompido,

Y en esos baños de sangre que de los romanos proceden,

Y de los que de sus lejanos días los poderosos se recuerdan,

No ha sabido recalentar este cadáver alelado

Por el que corre, en lugar de sangre, el agua verde del Leteo.

SPLEEN (IV)

Cuando el cielo bajo y pesado como tapadera

Sobre el espíritu gemebundo presa de prolongados tedios,

Y del horizonte, abarcando todo el círculo,

Nos vierte un día negro más triste que las noches;

Cuando la tierra se cambia en un calabozo húmedo,

Donde la Esperanza, como un murciélago,

Se marcha batiendo los muros con su ala tímida

Y golpeándose la cabeza en los cielorrasos podridos;

Cuando la lluvia, desplegando sus enormes regueros

De una inmensa prisión imita los barrotes,

Y una multitud muda de infames arañas

Acude para tender sus redes en el fondo de nuestros cerebros,

Las campanas, de pronto, saltan enfurecidas

Y lanzan hacia el cielo su horrible aullido,

Cual espíritus errabundos y sin patria

Poniéndose a gemir porfiadamente.

—Y largos cortejos fúnebres, sin tambores ni música,

Desfilan lentamente por mi alma; la Esperanza

Vencida, llora, y la Angustia atroz, despótica,

Sobre mi cráneo prosternado planta su bandera negra.

OBSESIÓN

Grandes bosques, me espantáis como catedrales;

Aulláis como el órgano; y en nuestros corazones malditos,

Estancias de eterno duelo donde vibran viejos estertores,

Responden a los ecos de vuestros De profundis.

¡Yo te odio, Océano! tus saltos y tus tumultos,

Mi espíritu en él los recobra. Esta risa amarga

Del hombre vencido, lleno de sollozos y de insultos,

Yo la escucho en la risa enorme del mar.

¡Cómo me agradarías, oh noche! ¡Sin estas estrellas

Cuya luz habla un lenguaje conocido!

¡Porque yo busco el vacío, y el negro, y el desnudo!

Pero, las tinieblas son ellas mismas las telas

donde viven, brotando de mis ojos por millares,

Los seres desaparecidos de las miradas familiares.

HORROR SIMPÁTICO

De este cielo extravagante y lívido,

Atormentado como tu destino,

¿Qué pensamientos en tu alma vacía

Descienden? Responde, libertino.

—Insaciablemente, ávido

De lo oscuro y lo incierto,

Yo no gemiré como Ovidio

Arrojado del paraíso latino.

Cielos desgarrados como arenales

En vosotros se contempla mi orgullo;

Vuestras amplias nubes enlutadas

Son los carros fúnebres de mis sueños,

Y vuestros fulgores son el reflejo

Del Infierno donde mi corazón se complace.

LA TAPADERA

En cualquier lugar donde vaya, sobre el mar o sobre la tierra,

Bajo un clima llameante o bajo un sol mortecino,

Servidor de Jesús, cortesano de Citerea,

Mendigo tenebroso o Creso rutilante,

Ciudadano, camarada, vagabundo, sedentario,

Que su ínfimo cerebro sea activo o sea lento,

En todas partes el hombre sufre el terror del misterio,

Y no mira hacia lo alto sino con ojos temblorosos.

En lo alto, ¡el Cielo! Esta bóveda que agobia,

Cielo raso iluminado para una ópera bufa

En la que cada histrión holla un suelo ensangrentado;

Terror del libertino, esperanza del loco ermitaño;

¡El Cielo! Tapadera negra de la gran marmita

Donde bulle la imperceptible y vasta Humanidad.

LOS OJOS DE BERTA

Puedes despreciar los ojos más célebres,

¡Bellos ojos de mi niña, por donde se filtra y huye

Yo no se qué de bueno, de suave como la noche!

¡Bellos ojos, volcad sobre mí vuestras deliciosas tinieblas!

¡Grandes ojos de mi niña, arcanos adorados,

Os parecéis mucho a esas grutas mágicas

Donde, detrás del montón de sombras letárgicas,

Centellean vagamente tesoros ignorados!

¡Mi niña tiene ojos oscuros, profundos y enormes,

Como tú, Noche inmensa, iluminados como tú!

Los fuegos son estos pensamientos de Amor, mezclados de Fe,

Que chispean en el fondo, voluptuosos o castos.

LA PUESTA DE SOL ROMÁNTICA

¡Cuan hermoso es el sol cuando fresco se levanta,

Como una explosión dándonos su buen día!

—¡Dichoso aquél que puede con amor

Saludar su ocaso más glorioso que un ensueño!

¡Yo lo recuerdo!... Lo vi todo, flor, fuente, surco;

Desfallecer bajo su mirada como corazón que palpita...

—¡Acudamos hacia el horizonte, ya es tarde, corramos pronto,

Para alcanzar, al menos, un oblicuo rayo!

Mas, yo persigo en vano al Dios que se retira;

La irresistible Noche establece su imperio,

Negra, húmeda, funesta y llena de escalofríos;

Un olor sepulcral en las tinieblas flota,

Y mi pie miedoso roza, al borde del lodazal,

Sapos imprevistos y fríos caracoles.

ELEVACIÓN

Por encima de los lagos, por encima de los valles,

De las montañas, de los bosques, de las nubes, de los mares,

Allende el sol, allende lo etéreo,

Allende los confines de las esferas estrelladas,

Mi espíritu, tú me mueves con agilidad,

Y, como un buen nadador que desfallece en la onda,

Tú surcas alegremente la inmensidad profunda

Con una indecible y mácula voluptuosidad.

¡Vuela muy lejos de esas miasmas mórbidas,

Ve a purificarte en el aire superior,

Y bebe, como un puro y divino licor,

La luminosidad que colma los espacios límpidos!

Detrás del tedio y los grandes pesares

Que abruman con su peso la existencia brumosa,

Dichoso aquel que puede con ala vigorosa

Arrojarse hacia los campos luminosos y serenos;

¡Aquel cuyos pensamientos, cual alondras,

Hacia los cielos matutinos tienden un libre vuelo!

¡Que se cierna sobre la vida, y alcance sin esfuerzo

El lenguaje de las flores y de las cosas mudas!

A UNA TRANSEÚNTE

La calle ensordecedora alrededor mío aullaba.

Alta, delgada, enlutada, dolor majestuoso,

Una mujer pasó, con mano fastuosa

Levantando, balanceando el ruedo y el festón;

Ágil y noble, con su pierna de estatua.

Yo, yo bebí, crispado como un extravagante,

En su pupila, cielo lívido donde germina el huracán,

La dulzura que fascina y el placer que mata.

Un rayo... ¡luego la noche! — Fugitiva beldad

Cuya mirada me ha hecho súbitamente renacer,

¿No te veré más que en la eternidad?

Desde ya, ¡lejos de aquí! ¡Demasiado tarde! ¡Jamás, quizá!

Porque ignoro dónde tú huyes, tú no sabes dónde voy,

¡Oh, tú!, a la que yo hubiera amado, ¡oh, tú que lo supiste!

EL AMOR DE LA MENTIRA

Cuando te veo pasar, ¡oh!, mi querida, indolente,

Al cantar de los instrumentos que se rompe en el cielo raso

Suspendiendo tu andar armonioso y lento,

Y paseando el hastío de tu mirar profundo;

Cuando contemplo bajo la luz del gas que la colora,

Tu frente pálida, embellecida por morbosa atracción,

Donde las antorchas nocturnas encienden una aurora,

Y tus ojos atraen cual los de un retrato,

Yo me digo: ¡Qué hermosa es! y ¡qué singularmente fresca!

El recuerdo macizo, real e imponente torre,

La corona, y su corazón cual un melocotón magullado,

Está maduro, como su cuerpo, para el sabio amor.

¿Eres el fruto otoñal de sabores soberanos?

¿Eres la urna fúnebre aguardando algunas lágrimas,

Perfume que hace soñar con oasis lejanos,

Almohada acariciante, o canastillo de flores?

Yo sé que hay miradas, de las más melancólicas,

Que no recelan jamás secretos preciosos;

Hermosos alhajeros sin joyas, medallones sin reliquias,

Más vacíos, más profundos que vosotros mismos, ¡oh Cielos!

¿Pero, no basta que tú seas la apariencia,

Para regocijar un corazón que rehúye la verdad?

¿Qué importa tu torpeza o tu indiferencia?

Máscara o adorno, ¡salud! Yo adoro tu beldad.

BRUMAS Y LLUVIAS

¡Oh, finales de otoño, inviernos, primaveras cubiertas de lodo,
Adormecedoras estaciones! yo os amo y os elogio
Por envolver así mí corazón y mi cerebro
Con una mortaja vaporosa y en una tumba baldía.
En esta inmensa llanura donde el austro frío sopla,
Donde en las interminables noches la veleta enronquece,
Mi alma mejor que en la época del tibio reverdecer
Desplegará ampliamente sus alas de cuervo.
Nada es más dulce para el corazón lleno de cosas fúnebres,
Y sobre el cual desde hace tiempo desciende la escarcha,
¡Oh, blanquecinas estaciones, reinas de nuestros climas!,
Que el aspecto permanente de vuestras pálidas tinieblas,
—Si no es en una noche sin luna, uno junto al otro,
El dolor adormecido sobre un lecho cualquiera.

EL VINO DE LOS AMANTES

¡Hoy el espacio muestra todo su esplendor!
Sin freno, sin espuelas, sin bridas.
¡Partamos, cabalgando sobre el vino
Hacia un cielo mágico y divino!
Cual dos ángeles a los cuales tortura
Una implacable calentura,
En el azul diáfano de la mañana
¡Sigamos hacia el espejismo lejano!
Muellemente mecidos sobre las alas

Del torbellino inteligente,

En un delirio paralelo,

¡Hermana mía, uno al lado del otro, navegando,

Huiremos sin reposo ni treguas

Hacia el paraíso de mis sueños!

MUJERES CONDENADAS

Como bestias meditabundas sobre la arena tumbadas,

Ellas vuelven sus miradas hacia el horizonte del mar,

Y sus pies se buscan y sus manos entrelazadas

Tienen suaves languideces y escalofríos amargos.

Las unas, corazones gustosos de las largas confidencias,

En el fondo de bosquecillos donde brotan los arroyos,

Van deletreando el amor de tímidas infancias

Y cincelan la corteza verde de los tiernos arbustos;

Otras, cual religiosas, caminan lentas y graves,

A través de las rocas llenas de apariciones,

Donde San Antonio ha visto surgir como de las lavas

Los pechos desnudos y purpúreos de sus tentaciones;

Las hay, a la lumbre de resinas crepitantes,

Que en la cavidad muda de los viejos antros paganos

Te apelan en auxilio de sus fiebres aullantes,

¡Oh, Baco, adormecedor de remordimientos pasados!

Y otras hay, cuya garganta gusta de los escapularios,

Que, barruntando una fusta bajo sus largas vestimentas,

Mezclan, en el bosque sombrío y las noches solitarias,

La espuma del placer con las lágrimas de los tormentos.

¡Oh vírgenes, oh demonios, oh monstruos, oh mártires,

43

De la realidad, grandes espíritus desdeñosos,

Buscadoras del infinito, devotas y sátiras,

Ora llenas de gritos, ora llenas de lágrimas,

Vosotras que hasta vuestro infierno mi alma ha perseguido,

Pobres hermanas mías, yo os amo tanto como os compadezco,

Por vuestros tristes dolores, vuestra sed insaciable,

¡Y las urnas de amor del que vuestros corazones desbordan!

LA MUERTE DE LOS AMANTES

Tendremos lechos llenos de olores tenues,

Divanes profundos como tumbas,

Y extrañas flores sobre vasares,

Abiertas para nosotros bajo cielos más hermosos.

Aprovechando a porfía sus calores postreros,

Nuestros dos corazones serán dos grandes antorchas,

Que reflejarán sus dobles destellos

En nuestros dos espíritus, estos espejos gemelos.

Una tarde hecha de rosa y de azul rústico,

Cambiaremos nosotros un destello único,

Cual un largo sollozo preñado de adioses;

Y más tarde un Ángel, entreabriendo las puertas,

Acudirá para reanimar, fiel y jubiloso,

Los espejos empañados y las antorchas muertas.

LA MUERTE DE LOS POBRES

Es la Muerte que consuela, ¡ah! y que hace vivir;

Es el objeto de la vida, y es la sola esperanza

Que, como un elixir, nos sostiene y nos embriaga,

y nos da ánimos para avanzar hasta el final;

A través de la borrasca, y la nieve y la escarcha,

Es la claridad vibrante en nuestro horizonte negro,

Es el albergue famoso inscripto sobre el libro,

Donde se podrá comer, y dormir, y sentarse;

Es un Ángel que sostiene entre sus dedos magnéticos

El sueño y el don de los ensueños extáticos,

Y que rehace el lecho de las gentes pobres y desnudas;

Es la gloria de los Dioses, es el granero místico,

Es la bolsa del pobre y su patria vieja,

¡Es el pórtico abierto sobre los Cielos desconocidos!